KB269453

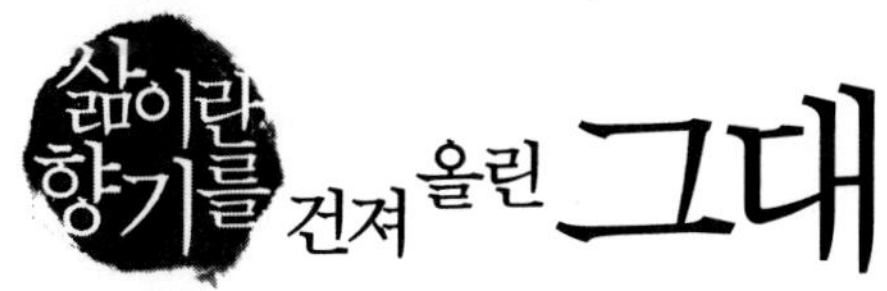

삶이란 향기를 건져 올린 그대

손옥경 지음

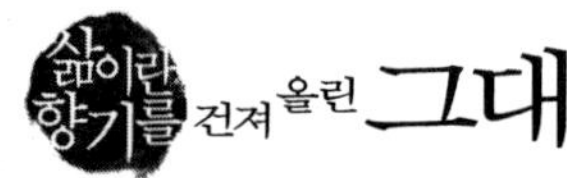
삶이란 향기를 건져 올린 그대

초판 1쇄 찍은 날 | 2010년 2월 25일
초판 1쇄 펴낸 날 | 2010년 3월 2일

지은이 | 손옥경
펴낸이 | 서경석
편집장 | 오태철
책임 편집 | 정은경
펴낸곳 | 도서출판 청어람
등록번호 | 제1081-1-89호
등록일자 | 1999. 5. 31
주소 | 경기도 부천시 원미구 심곡1동 350-1 남성B/D 3F (우)420-011
전화 | 032-656-4452 팩스 | 032-656-4453
http://www.chungeoram.com
E-mail | eoram99@chollian.net

ⓒ 손옥경, 2008

ISBN 978-89-251-1394-4 03810

청어람

삶이란 향기를 건져 올린 그대

손 옥 경 지음

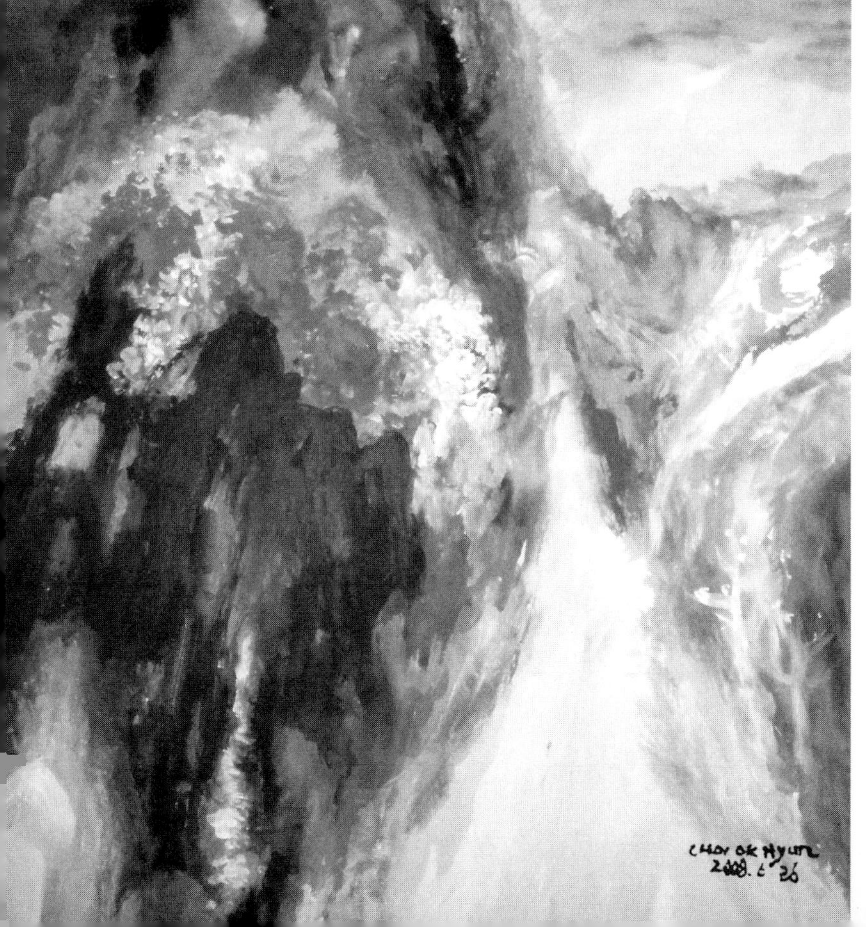

책머리에

신록이 그림처럼 다가온다.
싱그러움과 새 생명의 움틔움의 손짓은 늘 신비롭다.
그것은 한 여인이 어머니가 되었다는 것과
또 하나님께서 생명을 잉태하고 살아나는
봄의 여신과도 일맥상통한다.
우리나라는 사계절이여서 너무나 자랑스럽다.
계절마다 그 특징이 있어 천혜의 자연경관과 특혜는
정말 삼천리 금수강산 그대로이다.
생명의 봄이 태동하는가 싶더니
신록이 우거진 유월과
곧이어 다가올 결실의 계절 가을

평화로운 가을걷이의 풍요로운 들판
모두가 신이내린 특상 급의 선물이다.
그뿐이 아니다.
온 천지를 하얗게 칠하여주는 겨울의 운치는
왠지 우리네 인생을 생각하게 한다.
불혹(不惑)을 지나 지천명(智天命)이
이제 뒤를 돌아보게 하는 나이에
다시 한 번 나를 담금질 하여 본다.
여기에 나의 혼신과 염원,
늘 그리움에 목말라 애타게 하는 어머니와
어릴 적 추억으로 잊을 수 없는 고향
내 사랑하는 119와 서울동작소방서 이해범서장님.
격려하고 도와준 선·후배 문인과 직장동료들
그리고 사랑하는 나의 가족들, 친지들, 친구들, 모두가
신의 즐거운 선물들이다.
이번 시집을 완성하게 도와준 도서출판 청어람의 서경
석 대표와 구인환 동작문인 협회장님과 현대시단사 변
세화 대표, 소방문학회와 서울 글 사랑회, 날 아는 모든
이들에게 진심으로 감사드린다.

—2008년 봄날 오후에

책머리에 · 04

I 부 사랑

안보면 보고 싶고 보면 더 반갑고 · 12 ㅣ 꽃비(花雨) · 14 ㅣ 유월이 오면은 · 16 ㅣ 산은 날 부르고 · 17ㅣ 유년시절 · 19 ㅣ 내 마음은 · 21 ㅣ 봄은 날 물들게 한다 · 23 ㅣ 한강고수부지는 · 24 ㅣ 해운대의 밤바다에서 · 26 ㅣ 통도사의 앵두나무 · 28 ㅣ 향수(鄕愁) · 30 ㅣ 만남과 이별(離別) · 32 ㅣ 만남은 가슴으로 · 34 ㅣ 물안개 피는 강가 팔석정에서 · 36 ㅣ 내 그리운 이여 · 38 ㅣ 봄바람 · 40 ㅣ 해변에서의 하룻밤 · 41 ㅣ 밤바다가 날 부르고 · 43 ㅣ 여름밤 · 45 ㅣ 고귀(高貴)한 사랑 · 47 ㅣ 그대 손길이 머무는 곳에 · 48

II부 여행

도봉산 · 52 ｜ 골담초(骨擔草) · 54 ｜ 주전계곡(鑄錢溪谷) · 56 ｜ 청계산이 날 부르고 · 58 ｜ 그 섬에 다시가고 싶다 · 60 ｜ 북한산(北漢山) · 62 ｜ 회룡포(回龍浦) · 64 ｜ 불국사(佛國寺) 다보탑(多寶塔) · 66 ｜ 문무대왕릉 · 68 ｜ 주전 몽돌 해변에서 · 70 ｜ 제주도 성산 일출봉에서 · 72 ｜ 서귀포 해안가에서 · 74 ｜ 고리 원자력 발전소를 다녀와서 · 76 ｜ 하늘을 날다 · 78 ｜ 설악산(雪嶽山) · 80 ｜ 금당계곡 · 82 ｜ 밤야의 무령왕릉은 · 84 ｜ 호숫가에서서 · 86 ｜ 차 한 잔의 세월을 녹이며 · 88 ｜ 통도사(通度寺) · 90 ｜ 해저터널이여 · 92 ｜ 선자령에서 · 94

III부 그리움

그리운 임 향하여 · 98 | 봄이 오는 소리 · 100 | 내 고향 흙냄새는 · 102 | 방패연 · 104 | 오월의 기다림 · 106 | 친구여 · 108 | 오늘을 바라보며 · 110 | 봄에 떠난 친구 그대 · 111 | 풍경 1 · 113 | 풍경 2 · 114 | 추억을 더듬으며 · 116 | 친구여 · 118 | 눈꽃 · 120 | 그리움이 하나가 되어 · 121 | 추억을 불러 내 그날에 · 122 | 아쉬움이 그리움으로 · 124

IV부 일상

배 보다 배꼽 · 128 ㅣ 은쟁반 접시에 · 130 ㅣ 시작 · 131 ㅣ 이 제 시작 · 132 ㅣ 그래도 아침을 여는 그들 · 134 ㅣ 정년퇴임 축 시 · 136 ㅣ 일상 · 138 ㅣ 7월의 한날 · 140 ㅣ 7월의 아픔은 속절 없이 · 142 ㅣ 태조산의 그림자 · 144 ㅣ 레프팅(rafting)을 하다 · 145ㅣ 일상 탈출 · 147 ㅣ 출 · 퇴근길 · 148 ㅣ 졸업식날 · 150

V부 사계절

코스모스 · 154 ㅣ 가을비 · 156 ㅣ 가을 향수 · 158 ㅣ 가을에 ·
160 ㅣ 가을에 그대의 노오란 은행잎 사연을 · 162 ㅣ 내 곁에 있는
그대라는 가을 · 164 ㅣ 그리움의 가을되어 흐르고 · 166 ㅣ 국화
꽃 · 168 ㅣ 초 가을비 · 170 ㅣ 국화꽃을 바라보며 · 172 ㅣ 유월
에 · 174 ㅣ 지난 주말에 · 175ㅣ 초여름 비 · 177 ㅣ 가을에는 ·
178 ㅣ 남천(南天) · 180 ㅣ 나리꽃 · 182 ㅣ 아침등산 · 184 ㅣ 오
월이 오면 · 186 ㅣ 산바람소리 · 187 ㅣ 유월의 숲에서 · 189

시집을 끝내면서 · 192
평설 · 194

1부 사랑

안보면 보고 싶고 보면 더 반갑고

매여 있는 이내 몸은 어이하랴
생활과 연민 속에
초록은 점점 더 푸르게 변하여
사계절은 속절없이 흐르고 있는데

고향 하늘 맴돌던 그가
천 리 먼 길 잊지 않고서
십자성 바다 건너
강남 갔던 제비

지지, 베베 소리 내며
초가지붕 처마 끝
아름답게 쌓아올린 집짓기

노오란 조동아리 입부리로
널름 받아먹고 자라나는 제비아기들
초롱초롱한 눈망울 가득
그리움이 차오르면

물 찬 제비 되어 상공을
휘~이 돌아 어느덧
여름 한나절인데

해 길면 찾아오는 시름도 덜어 버리려
녹음이 우거진
동구 밖 정자나무
너른 그늘에서
옛 친구나 만나보련다

꽃비(花雨)

여의도 윤중로의 터널 들길
35년생 왕벚나무 1621그루가
활짝 피어 올라
눈처럼 흩날리는 윤사월 첫 주말

1968년 시작된 여의나루
홍수 피해 막으려
바퀴처럼 빙 둘레 쌓은 윤중제(輪中堤)

5.7km 꽃길은
인산인해(人山人海)
두 손 꼬옥 잡고서
퍼져나간 봄 물결

뒤질세라 따라 나온
어린이 대공원
덕수궁 돌담길과 고궁

송파나루 공원

성동의 응봉산
강서의 우장산
성북의 개운산.
중앙의 남산
양재천변에 어우러진 개나리꽃

사랑스러운 서울 봄꽃잔치
바야흐로 꽃비(花雨)들의 향연

도심 속 추억 만들기는 절정(絶頂)이다

유월이 오면은

초여름 비가 제법 세차게
창문을 저미도록
노크하고 있다

밤새워 피워 오른
하이얀 꽃 너울

언덕 구릉이 밭이랑 사이로
파란 잎줄기마다
하얀 소금 뿌려
어여쁘게 피인 너

어느덧 맑게 갠
따사로운 햇빛 받아
푸른 고추가 여기저기 매어 달리면

풀 향기 여름언덕
가슴 속 고향으로
드넓은 채마밭
아낙이 기다리고 있다네

산은 날 부르고

생에 지친 다리를 뻗어
흐르는 물에 첨~벙
시리다 못해
전율케 하는
그 시원함이
속세의 때와 먼지를 들어내어
이름 모를 새소리,
물 흐름소리에
실려 보낸다
풀꽃 냄새 여인의
향기가
코끝으로 스쳐다가온 영봉.
설악의 손길이
한계령 깊이 바람 불러
인고의 시간을
쉼 없이 수만 년 흐른
너.
정상에 우뚝 서 있어
낙락장송 숲속들이

오늘도
인자한 표정으로
변함없는 미소를 보내며
우릴 부르고 있다

유년시절

을씨년스럽게 칼바람
불어오는 초겨울

조는 듯한 햇빛마저도
포푸라나무 뒤로 숨고

초등학교 뒤편에 걸린
커다란 검정 솥에서
피어오르던 강냉이 죽을
빈 도시락을 들고서 서성이며
기다리던 유년시절

집에 남아있는
어린동생들을 생각하며
먹다 절반 남은
굳은 강냉이 죽을
집으로 가져가
허기를 달래던 그 시절

보리 서리
밀 서리

고구마 서리
찬바람 코끝 얼린 처마 밑 서리
입술 푸르딩딩하게 부풀어 올랐던 오디와
초여름날의 눈부시게 하얀 아카시아꽃잎들
야산에 언제나 반겨주던 진달래꽃

입 안 가득 맴돌던
어린시절 회상하며
너무나 바뀌어 버린
현재의 모습 속에서
뼈아픈 추억의 조각들

하나 둘 피워 오른 봄 여름
그리고 가을 겨울을
알려주던 기나긴 지난 밤
변함없이 내리던 이슬 먹어
주름가득 흐른 무상함의 세월들

내 마음은

추석 명절 고향 길
민족의 대이동
TV 화면 가득 고속도로의 차량 행렬

무엇이 그리도 즐거운지
터미널과 역마다
선물꾸러미 양손 가득
싱글 벙글케 하는 손꼽는 날

두둥실 떠오른 보름달
살찐 미소 바라보며 밤 세워
술래잡기하던 동네 샛길
메뚜기 뛰어놀아 고개 숙인 황금 들녘

이젠 무덤만 늘어난 내 고향 산하
그래도 몸서리치게 그리워지는 이유는
고향 가득 어머님의 따스한 손길
반백의 세월이 묻어난
친구들이 있기 때문

뿌리 사이 굳은살
이끼 낀 정자나무
이름모를 새소리가
빈자리 가득 추억을 노래하고 있음이여

봄은 날 물들게 한다

봄볕을 두드리는
눈꺼풀이 동공 가득
떨림으로 내려온다

삐걱이는 의자 등받이가
지각변동 일으킨다

화들짝 놀라움
어정쩡한 표정이
순간에 흐른다

먼 산 아지랑이
피어오를 때면
살며시 다가오는 춘곤증

어느새 새콤달콤 봄나물
사랑을 키우는 식탁

내 몸엔 온통
봄물이 들었다

한강고수부지는

한강 고수부지에는
봄바람이 한창이다

어여쁜 여인의 스카프처럼
잘 다듬어진 자전거길 따라
강물은 속삭이며
수줍은 미소로 다가와
한 폭의 산수화를 그려낸다

짙푸르게 이어진 강 양안은
말 그대로 유채꽃들의 잔치다

발그레 달아오른
그녀의 양 볼은 샛노오란 꽃밭

손대면 톡 터질 것 같은
오월의 신록이
한가로이 떠있어
물길 질하는 새들의 노래

부리 쪼아
여인의 심장을 헛들어
샛노오란 봄눈에
녹아든다

해운대의 밤바다에서

해운대 밤바다는
젖살처럼
뽀얀 살이 오른
이십 대 처녀이다

부드러우면서도
때론 사나워지는
카멜레온 같은
존재다

초여름 비는 자정 무렵에
잔술 속으로 잠수하였고
멀리 수평선과 하늘이
마주잡고
격렬한 키스를 한다

아슬아슬한 광안리대교는
성숙한 여인의 허리처럼,
야화(夜話)의 꽃은

발그레한 동백섬 등대에
기대어 손짓한다

그녀는 여전히 바다를 다스리는
여신이 되어
하얗게 부서지는 파도 위에서
그네를 탄다
너른 사랑을 부르기 위해

통도사의 앵두나무

아련했던 어린시절
추억의 수레바퀴 돌아들어
동구 밖 가득 앵두나무
살가운 햇살 받아
잘 익은 선홍빛 앵두들
잊어버린 세월 불러내듯
선한 미소로 다가온
통도사 불이문(不二門)옆 다소곳이
소녀 볼처럼 수줍게 서있어
탄성으로 물든 동심의 세계
인도하던 불심자락
한입 베어물어
신맛이 혀를 녹여내
오늘이란 사랑으로
애잔하게 녹아든 사찰 경내
세월 두드리며 다가온
발그레한 목탁소리
신심(神心) 깊은 눈동자
그리움의 그녀

손수건이 앵두나무가지에
걸려있어 너를 기다린다

향수(鄕愁)

잊고 있었단다
중년이 된 지금도
좀 걸어야겠다고 생각했고
만감이 서린 가슴을 부여잡고서
나섰던 것이 그만 쏟아지는
눈꽃송이 별을 만나고 말았다네

캄캄한 들길에서
가슴 아프게 하늘을 올려보다가
이른 새벽 당신을 기다려 보지만
메일을 매일 열어보고서
흔적이 없는 들판 헤매다가
힘없이 나와야 하는 나

기다리는 너의 모습이
봄눈 같은 존재였나
가슴에 하나하나 새겨지는
생명의 흙냄새 그대가
내 안에 있는 그 날을

기다려 본다

죽일 놈의 고독을 덮어줄
하얀 눈이 펑펑 쏟아져
하늘 유리컵 가득
너의 투명한 점액질의 미소가
내 눈앞에 걸려있구나

만남과 이별(離別)

목마르다 못해 말라 비틀린
논바닥의 성긴 생채기 되어
7월의 눈물 비
애증(愛憎)의 여름비
경부고속도로 가득 따라 나와
슬픈 미소로 반기는 내 고향 전주

친구 부친(父親)의 부음(訃音)이
내 마음을 두드리듯
쏟아지는 빗줄기가
하염없이 슬피 우는 연주소리

장례식장은 뒤엉켜버린 정거장
앞뜰은 차량행렬로
영안실은 사람들로 가득 차
호곡(號哭)소리
친인척 친구들의 부딪쳐 오른
술잔의 시름은 깊어간다

에어컨 바람에 조화(弔花)는 흔들려
거세어지는 밤하늘의 적막감
홀로 서 있는
생명나무의 줄기와 가지
한세월 뛰어넘어 오고간 사랑
승화(昇華)된 장맛비 소리는
오늘따라 말이 없구나

*05.7.16. 친구 부친 별세로 인해 조문(弔問)차 전주 대송 장례식장을
다녀와서

만남은 가슴으로

그날은 꽃바람이었나
비바람이었나
반가운 동창의 만남을 위한
시리디 시린 밤이었나
서울에서 전주로 넘어와
내 안 가득
생명의 물방울로
잔술 가득 흘러넘친 자정은
추억과 그리움으로 밤새워
떨어야했던
여명의 그 목소리
따라와 피워 오른 들꽃 사랑채
순간의 세월을 잊어버린
망각 저편은 고향언덕
신작로에 피워 오른 코스모스,
플라타너스, 채송화, 맨드라미, 봉선화
그림처럼 다가온 수채화 한 폭이
중년이 된 오늘도
열린 가슴으로 속삭여

연분홍 눈길 분꽃으로
담 넘어 반가운 손짓하던 그대 나팔꽃
전주 남문 새벽시장에서
너와 나 하나 되어 매운 막국수 한 사발
토속 동동주 한잔을 고이 접어
그리운 책갈피에
추억의 연필로 데생하여
그대에게 보내 드리리

물안개 피는 강가 팔석정에서

물안개 피워 올라
크고 작은 폭포사이로
굽이쳐 흐르는 물소리
팔석정 안 가득히
조선시대 양사언 시조 시인의
음성의 풍류소리
귓가에 젖어 들고
협곡 가득 차오른 노송들
산바람 불러와
깊이 팬 용소의 폭포음
여덟 개의 기암괴석
계곡사이
반질반질한 이끼 낀 반석
물보라 피는 강가에서 연어과 송어 회
맛깔스런 선홍빛
손수 재배한 각종의 야채와
시원한 소주 한 잔에
녹아든 오후의 산야
쉴 새 없이 재잘대며

너른 강심으로 흘러와
옛정을 그리워하며
오늘도
그대와 나
정담 속에 세월은 익어만 간다
청정한 시냇물이 내 몸을 적셔온다

내 그리운 이여

그대 손 자락
움직일 때마다
파릇파릇
새싹이 돋아나
우면산 자락은
온통 연녹색의 바다

봄비가 촉촉이 내려
가슴을 부비면
열려오는 생명의 미소
풍덩 빠져버릴
초록의 물결은

어느새
봄물 가득
사월의 신록을
사랑을 탄주하고파

화사한 아지랑이

머플러의 여인
아련한 그대

가녀린 손 마디 마디
꽃비(花雨) 뿌려오는 향수(鄕愁)
봄이 오면 찾아오는 열병
그리움의
내 그리운 이여

봄바람

살랑거리며 다가와
생명의 신비를
가져다주는
봄 향내 실려진 바람
사알짝
얼음을 녹여내어
심장가득
사랑으로 세월 보듬어
연녹색으로
가득 채워
만산에 수채화
아지랑이 꽃피울
요술지팡이
어느덧 꽃망울 터트려
눈빛 곱게 뿌리며
졸고 있는
그녀의 나른한 오후
달콤한 꿈을 꾸고 있고

해변에서의 하룻밤

늘 그렇게 살다가
살아오다가
부드럽게 다가온
천리 길 해안가 세월 풍상
화들짝 놀란 은빛 비늘거울이다

그래서
지난날을 추억으로
버무리듯 뒤엉켜
흘러내린 썰물이
모래바닥만 허옇게 드러낸
야멸친 저녁 초승달 .

태안반도의 사목 해수욕장은
한 폭의 풍경화
도심에서 한발을 더 내민
사항민박집에서
이름모를 이부자리 위에 누워
해송(海松)의 생을 탄주한다

파도소리 바람소리 모두가 지쳐 잠이 든 듯
어느덧 정점으로 다가와
등대불빛의 그리움에 떨고 있는 나

숨결의 해조음이
소라 고동음성으로
천년의 사랑
불러내어 꿈속에서 널 만난다

밤바다가 날 부르고

그렇게 먼 길도 아니었다
달려서 서해안고속국도 이어진 태안반도
끝자락의 그림처럼
다가온 사목 해수욕장

어느새 어둠을 불러와
밤하늘 가득 수평선은
은근히 철석거리며
내 가슴으로 다가와 두드린다

저 멀리 가물거리듯이
등대지기 그리운 이가
초승달 눈썹으로 다가와

작은 모래알갱이 사이로
삼삼오오 이어진 텐트 사이로
불빛을 야릇하게 색칠할 때면

밤바다는 너그러이 포옹을 한다

수만의 파도가
수만의 정열이
그리고 수만의 사랑이
식을 줄 모르는
여름밤의 열기

심연의 밤바다는 태동을 위해
그의 팔베개에 눕는다

여름밤

축 쳐진 가로수
숨소리조차 들리지 않는다
미동조차하지 않는 그림자
몇 날을 그렇게 지쳐서
맨 하늘을 바라본다

낮과 밤이
담금질하듯
열대야 현상이
가슴으로
달구어진 도심 속
끓어 넘치는 용광로

억세게 퍼붓던
그가
장대비가 벌써 그립다

지친 듯이 돌아가는
선풍기소리에

잠 못 이루는 군상들

뒤척이며 다가온
그녀의 속적삼
서늘한 가을 기다리는
심연속의 고독한 여름밤이여

고귀(高貴)한 사랑

남산자락 우면산 기슭
영롱히 떠오르는 아침햇살처럼
살신성인(殺身成仁)의 정신이 빛나고 있으니
그대들의 아낌없는 사랑
사랑하기 위해서도 모자라는 목숨을
순간에 던져 피워 오른
숭고한 희생 봉사
거룩한 서울소방의 표상으로 남아
우리네 시민들의 심장으로 다가 옵니다
내 한 몸 던져서
새롬의 지평을 열어준 임들이시여!
장렬히 산화한 이곳 정글속의 서울도심
당신의 그 크신 사랑
그 뜻을 우러러 따르오리다

그대 손길이 머무는 곳에

봄꽃의 아름다운 향기처럼
향내 나는 그대의 손길이
스쳐 지나가는 그 자리마다

아지랑이 연분홍 색깔이
춤추면서
꽃을 피워 물어
울진 가득히 불러 내린 신의 음성

산들바람
시냇물 소리
불영계곡 가득히
선상으로 오르는 선녀 되어

봄비는 줄기차게
아련한 그리움과 사랑을 지펴준
산 굽이굽이는
어머니의 섬세한 섬섬옥수

하늘과 맞닿은
절경의 봉우리 사이
피워 오른 운무는

손뼉 치며 돌 틈 사이로
투명한 그대 가슴을 연이어 노크하듯

통고산 자연 휴양림은
천고의 신선이 머물렀던
아! 그리운 이여

이제야 제정신이 돌아온 듯
눈 떠보니 서울 도심이지만
작은 동공 한 편엔

그림처럼 떠있는 프르름의 산수화
당신의 온유와 사랑이

내 누님처럼 곱게 흘러내린 산자락이
오늘따라 그립구나 그리워라

II부 여행

도봉산

우뚝 솟아올라라
화강암 절벽 세워 오른 그대
710m의 하늘 준령

울긋불긋 상춘객들
꼬리 문 행렬이
땀방울 적시며 오르고 또 오른다

가파른 돌 틈과 나무숲 사이로
뽀얀 햇살의 달디단 봄 냄새 피워
미소를 보내는
노오란 머플러 여인의
개나리 진달래 향기가
절벽사이로 비집고 나온
들풀들의 수군거림

절리(節理)와 풍화작용으로
천 년 세월 보듬어 따라 나온 기암괴석이
주봉인 자운봉(紫雲峰)

남쪽에 만장봉(萬丈峰) 선인봉(仙人峰)
서쪽에 오봉(五峰)이 더덩실

우이령(牛耳嶺) 곡선 스쳐
북한산 꽃 누리 처녀 가리마
비단자락 계곡사이
천축사 원통사 망월사
그리고 쌍룡사 회룡사 관음암의 독경 소리

신선대(神仙臺)향해
두 손 합장으로 고개 숙여
흰 구름 가득 불러 도봉은
호방한 정기 흘러
나라 사랑 조광조의 음성소리

기개와 얼이 그리워진 오후

골담초(骨擔草)

소백산 자락
소슬바람 불러
인연이 있어

아담한 자리
산세 수려한 중턱
경북 영주시 부석면 북지리
부석사 창건한 의상조사의
그 이름도 찬란한 부석사(浮石寺) 조사당(祖師堂)

중생을 위해
평생을 짚고 다니며
의지하던 지팡이를 꽂아 둔 처마 밑엔
비와 이슬을 맞지 않고도
사계절 푸르게 자라나는
신비의 화초
일명 선비화(禪扉花)라고도 불리우는
골담초

조사당 안 원형 그대로인
제석천,
범천, 사천왕상의 살아있는 벽화가
천 년의 노을을
아름드리 숲 속으로
흐른 물결소리 풍경소리
마음 깊은 감동으로 울려오고

주전계곡(鑄錢溪谷)

봄 향기 가득한
신록의 오월 중순
훌쩍 떠난 미시령고개
알싸한 산바람이
반갑게 맞이한 설악 영봉이여
점봉산 능선에서 발원한 물줄기
여신 폭 십이 폭 이무기가 승천 못해 떨어져
움푹 팬 용소 폭포
선녀탕 흘러
남설 악의 절 경중에 절경
사계절 경이로운 풍경화
세월바람에 풍화된 기암괴석
둥근 돌 틈 사이로
수만의 올챙이와 이름 모를 치어들
한가로이 손짓하고
하늘 끝을 가린 푸름의 물감
한계령 가득 휘~이 소리쳐
오색약수터를 그려내고
양양의 남대 천으로 흘러들어

오늘도 변치 않고 흐르는 너
조선시대 바위동굴에서
사전(私錢)을 주조하려 놋쇠를 녹여
위조(僞造)된 주전을 만들다가 적발된 전설이
주전계곡
심산 솔바람 오솔길
신선이 되어
젖어버린 신록의 바다

청계산이 날 부르고

청계의 푸름이
온몸으로 젖어든 신행길

산골협곡마다
울긋불긋 채색되어
물결처럼 흘러가는 무리들이
정겹게 오르고 오른다

숲 속으로만 끝없이 이어진
등산로에 거칠게 내쉬는 숨소리
땀방울 떨어지는 소리

청계산 정상 이수봉 545m
커다란 비석위에 조선시대의 정여창 선비의
흔적이 남아 곡주 한 잔 술에
흘러내린 역사의 바람이

어느덧 산사람으로 동화되어
우뚝 서서 푸른 신록의 바다에

오월의 햇살은
청계누리에 펼쳐진
멋진 연출이었다

그 섬에 다시 가고 싶다

차창 넘어 보이는
시원스런 영종대교
신 공항 정문 우측에 진입로
한참을 달려와
미시린 해변가

점진도 선착장에 무의행
카페리호에 몸을 싣고서
돌아서니 무의도 선착장에 도착
저 멀리 호룡곡산과 국사 봉이
큰 무리 해수욕장에 서서

실미도를 바라본다
서른 한 명의 거친 사나이 숨결이
손을 내밀면 닿을 듯한 미완의 섬

바다 내음 은빛 모래사장
하나개해수욕장
촘촘히 들어선 방갈로

그림처럼 보여진 천국의 계단이
하얀 포말로 적셔와 애틋한 운명적 사랑
수평선 넘어 차오른 바다갈매기
시원한 파도소리
향기 가득한 소라 고동
그어진 조개 살 냄새가
출렁이는 운무 가득 스며
환상의 무의도
사랑과 추억은 익어만 가고

북한산(北漢山)

발걸음도 가볍다
미선나무군락
나도국선나무, 백선나무
중생대말 관입한 화강암이
절리와 표면의 풍화작용으로
깎아지른 원효봉 정상에
젖은 옷고름 풀어 드넓은 협곡바람
가슴에 안은 너와 나
산성북문이 살갑게 맞이한 둔덕의
쌓아올린 성벽들
모진 세월 보듬어
대한민국 사적 162호. 8.4㎞
해발고도 837m
왼쪽은 백운대와 인수봉
나란히 만경대 그리고 노적봉
오른쪽은 의상대사의 참선하던 의상봉
외롭다하여 대서문 용현봉, 문수봉
임 따라 천리 먼 길 돌아와 축원 올려
인수봉 백운대 만경대의 삼각산(三角山)

정성으로
소원이룬 연인들의
맑고 고운 음성이 시원바람타고
들려온다
수만의 족적이 남긴 효자비 사이로
생명의 길이
오늘도 쉼 없이 유혹하듯 부른다
도심(都心)속의 미세먼지 털어 버리고
득도하여 돌아가는 선경의 경지
유월의 햇살도 정겹고 정답기만 한 오늘은
엔돌핀의 우정과 사랑이 있어 그랬나 보다

회룡포(回龍浦)

낙동강 지류
내성천(內城川) 흘러 태극모양으로
휘감아 돌아 360도
육지 속에 섬마을 성포(의성포)가
그림처럼 떠 있어
비룡산 산허리 천 년 고찰 장안사
신라 월명사가 제망매가를 지어
헌사했던 사찰 사이 나무계단
산 정상 선비 입김 서린 전망대의 누각
건너 뭍 속의 섬 회룡포(回龍浦)
은빛모래 잔잔히 수놓아
물돌이 동.
송혜교의 가을동화 배경
뛰어난 경관이 이어진
경북 예천의 용궁면 대은리
아르방 다리가 유일한 진입로
모래바닥 훤히 내 보인 푸른 강심
해송(海松)으로

왜가리 때 오매불망 그리움의
누이 찾아 솟아오르고

*2003년 8월 여름 휴가 때 경북봉화로 들어가 다녀왔던 백제시대의 요충지로써 물이 휘~이 돌아 360도 회전하여 다시 낙동강의 지류가 된 특이한 지형으로 의성포 또는 회룡포 라 하여 길지라 하였다. 6·25때에도 전란이 피해 갈 정도이며 선풍적인 인기를 누렸던 가을동화의 배경이 되기도 한 이곳은 천 년 사찰인 장안사가 있어 많은 사람들이 찾아오는 곳이다.

불국사(佛國寺) 다보탑(多寶塔)

다보여래(多寶如來)의 탑(塔)

칠보탑

불러 다보여래 상주 증명탑 국보 20호

칠보는 일곱 가지 덕성

부처의 본질인 깨달음

다보여래는 법신불(法身佛)

석가여래는 보신불(報身佛)일진대

통일 신라 경덕왕 10년(751)에

재상 김대성의 발원(發源)으로 창건된

과거 현재 미래가 상존하는

정토(淨土)

이상향(理想鄕)을 그려낸 높이 10.4m

4각형 기단에 네면 설치

중앙에 사각형 돌기둥이 받치고

기둥 돌계단 위 네 마리의 사자 중 한 마리만 남아

일제 식민 수탈의 아픔이

끝나지 않아 세 마리는 오리무중.

팔각형 몸 부분 16개의 연꽃이

여성의 부드러움으로

눈에 보이는 석가여래의 아름다움
석가탑은 마음에 비치는 정신세계의 아름다움
균형을 이룬
둘이면서 하나이고 하나이면서 둘이란
신비의 탑
경내 가득 찬 목탁소리
탑신주변 합장하는 염원의 여인
불국 토(佛國土)의 그림자
수려한 토함산자락 가득 소슬바람은 부는데

문무대왕릉

포근한
해안 협곡 도로 따라
추억 가득 머금은
천 리 먼 길 달려와
멈추어진 그곳

아하~ 말이 없다
우리의 영혼을 흔들어 깨우는
성난 파도소리

천 년 고도 경주
심장가득
퍼런 물줄기 갈기 휘~이 돌아
포말 가득 보여 온
왕 중의 왕 수중왕릉이여!

그리움의 손짓인가
감은사지의 넋이
간절한 눈빛이 어린 포구

독도
울릉도
동해는 고요의 바다

주전 몽돌 해변에서

울산 동쪽 주전 해안
바다 바람소리
성긴 울음이다

수만의 검은 돌 하얀 돌
반짝이는 금빛 알갱이
너른 백사장 가득으로
물갈퀴 바퀴 속에서
다듬어온 세월 발자취

가까이 다가와
생을 인도하는 등대
무인등대의 시린 가슴속
포말 가득 뿌려진
바다, 바다 향기

평범하다 못해 장엄한
자연 속의 그대

어린 사내아이들
맨질맨질한 돌멩이
돌팔매질
포물선 그리며
수평선 가득
동해바다 위로
희망의 빛깔 뿌리며
사라지는 갈매기

그리움이 서리서리 달려있는
내 마음의 항구는 여일이 없다

제주도 성산 일출봉에서

제주도 제 일경 성산 일출봉
험준산 정상에 서 있노라
섬 성산
13ha의 동그란 분화구
세월 보듬은 그대 일출봉
등경 별장 바위 지나
초관바위(금마석)의
전설어린 관료들의 승진 염원
99개 기암괴석 사이
장엄한 붉은빛의 일몰이
한라 운해 사이 가득 던져진다
순간의 탄성이 일순간을 지배하고
흐른 땀방울이
연이어 터지는 셧터 소리
보이는 저곳 손에 잡힐 듯
드라마 촬영지 올인의
섭지코지의 등대가 보이고
시린 가슴 가득
가지런히 이어진 해안

유연한 허리곡선을 더듬어
힘차게 포효하는 파도 음
간절히 기도하는 어망
물 허벅 지고서
끝없이 펼쳐진 수평선을 바라보며
기다리고만 서 있네

*어망: 어머니의 제주도 고유어

서귀포 해안가에서

서귀포 중문 단지 앞 해안가
색달리.
바다 음이 들려 온다
파도바람
비릿한 내음
향수어린 음성으로
주름 자락 흐른
해녀들의 거친 손마디
물길 질 이력에 삼십 년 풍상
서울 간 자녀 회상에 젖는 할머니
날랜 솜씨로 칼질하는
그녀의 손놀림
해변 가득
사람냄새
한 입으로 부족한
전복 소라 고동에
곁들인
한라산 소주 맛은 죽음
은빛무리 해풍

그림처럼 떠있는 해초
쪽빛 하늘처럼 해맑은 미소가
철썩이는 파도 음
너른 바다 물결로 번진다

고리 원자력 발전소를 다녀와서

서울에서 부산까지 국토 종단길
물보라 치는 아우성
와이퍼가 어렵사리 경부고속도로 위로
우리네 서울 시립대 도시과학대학원 일원의 마음은
신천지의 희망의 불빛을 보았음이라
오늘따라 넘쳐난 초여름 비 종일 따라와
부산시 기장군 장안읍 고리
드넓은 113만 평방미터 가득
1971년 힘찬 첫 삽을 해내어
우리나라 최초의 상업용 발전기가
1978년 4월 29일 원전 최초로 불 밝혀
오일 쇼크 대비한 1호기에서 4호기
27년 장수한 고리원자력발전소
1600여 임직원이 땀 흘려 일궈 낸
연간 250만kwh 공급
전기 공급 전국의 10% 점유하는
꿈의 에너지, 원자력 그대여
동해 최남단 고리지역의 제3의 불
산업을 일으켜 세운 그대는 장하다

가압경수로(u - 235)이용하여
핵분열, 핵융합까지 슬기롭게 이루어나갈
요람의 고리원자력발전소
안전성 필요성 산업성의 홍보 전시관
오늘도 변함없이 일렁이는 검푸른 파도
해운대의 밤 비치 광안대교
공학도의 기개가 펼쳐져 해오름
정성을 다한 안내 반가운 손짓
가슴에 가득 벅찬 감동이다

하늘을 날다

날아오른다
날개깃이 요동을 친다
난기류와 싸워
소리는 굉음
활주로 박차고 올라 급상승
기화요초 펼쳐진 구름 꽃피움
넘어와 넘쳐난 선녀들
운해의 바다에 풍덩
던져진 일신
하늘과 하늘이 손잡은
상층운의 거대한 열반의 테두리
시속 820㎞
높이는 28000피트
현재기온은 영하 4.3도
하늘 위에 하늘은
투명하다 못해 시린 하늘 쪽빛
두둥실 떠있는 보금자리
은빛 날개 반짝이고
산자락 부여안은 솜털구름이

한가로이 부유하는
세월 잊은 어느 날 오후

설악산(雪嶽山)

금수강산이라 했던가
한달음에 달려와
내발 밑에 줄을 선
설악의 영봉들
굽이굽이 험준한 산맥 따라
오색분소를 통과 숨이 턱에 닿아
가파른 1708m 고지
까마득히 펼쳐진 산 협곡은 바람소리
등산객들의 거친 숨소리
등허리는 흠뻑 젖은 빨랫감
분주하게 움직이는 다람쥐가
저만치에서 다가오며 반가이 인사를 한다
솔바람 능선 가득
천 년의 세월풍상 감내하여
노송이 병풍처럼 서 있는 대청봉
소청봉 지나 비련의 희운각
손에 이어진 양폭산장
그림처럼 물길 휘몰아 내린 비선대
수만의 발자취 스쳐 지나간 금강굴

뜨거운 가슴 웅지 품어 와선대
고풍스런 명 사찰 신흥사를 뒤로 한 설악동
미시령 지나 한계령
해오름의 고장 양양과
속초 위의 아야진 항구
연한 살색의 신선한 송어 우럭 돔회
검푸른 동해를 바라보며
오늘도 천진스런 얼굴로 날 오라한다

금당계곡

한복의 살찐 미소
한줌의 산소마저 머금어
섬세하게 흐르는 투명한 그대
세월풍상 지켜내어
사계절 산바람 강바람 불어와
흘러내려 쌓여진
금당산 1173m
물소리 새소리
바위 돌 틈 사이로
절묘하게 타오르는 단풍들의
아우성이
금당 계곡 너른 시냇물은
계곡물이 많으면 많은 대로
적으면 적은대로
웅장한 바리톤의 청년과
맑고 고운 새악시 볼처럼
영원의
사랑을 속삭이며
원앙새 퍼덕이며 다가와

생명의 원천수 그려내는
평창강의 가을자락
병풍처럼 둘러친 너른 치마 자락
철쭉 군락의 은근함
물안개 피워 날 부르고

밤야의 무령왕릉은

세월 넘어 흐른
달빛이 왕릉 위를
바라보고 있다

형제봉 아늑한 분지
능선사이로
별들은 속삭인다

둥근달 가득히
억겁의 편린을 담아오듯
흥망성쇠의 수레바퀴
한줌의 흙이 되어
쌓여진 백제의 숨결
뜨겁게 느껴져 오는데

신비의 미소를 띤 그녀가
서러운 바람
일출처럼
맞이한다

새벽의 고도(古都) 공주는
그렇게 시작되었으니

호숫가에 서서

태양은 하늘 가득
너른 대지 광활한 절강성
여덟 지류의 강물이 합쳐서 장엄한
서호(외호, 내호, 동정호)란 호수
뱃머리 돌려서 반나절
절묘한 산수결합
마르코 폴로의 선견지명이 빛난
하늘은 천당
땅은 소항(소주, 항주)이라 했던 이곳은
걸어오는 인파와
자전거타고 오는 인파와
차량 인파
뱃전에 일렁이는 물결소리
잠길 듯이 떠있는
천년 고찰이 부르는 듯
세월을 잊게 하는 용쟁호투와
용호상박과
꿈처럼 펼쳐진 무림의
객잔으로 날아든

차 한 잔의 세월을 녹이며
따라 나온 출렁이는 은빛물결에
소동파의 그리움을 보낸다

차 한 잔의 세월을 녹이며

이파리가 연하고 부드러운
세 번째 차 잎을 따내어
우려내 마시는 작설차
용을 상징한다는 용과
우물을 상징한다는 용정차 향기 따라
그리움 따라
뱃전에 흐르는 시원한 바람줄기
어느새 서호를 아우르고
지척에서 다가온 동중국해 바다 가득
우리네 마음을
흔들어 깨워오는
송나라의 저자거리에서
열려진 성문과 누각
하늘 향해 올라간
문양과 그림들의 조화
코끝을 스치는 지독스런 향내 운무 서린
영은사의 웅장함
한산사의 수려함
수만의 세월 우려내어

향내처럼 타오르는 향촛대
500나한의 인간들의 모습에서
여러 모습의 부처들
신이한 표정 속에
영겁의 마음을 보았네
차라리 피안(彼岸)을 담았으리
잔잔한 명상의 스치는 찰나(刹那)의 소리
휘~이 늘어진 신록의
그늘 아래서
녹아든 명전차를 마신다

통도사(通度寺)

우리나라 불교의 5대 사찰중

하나인 영축총림

수행하면 일체가 불생불멸(不生不滅)

경남 양산 하북면 지산리

천 년 고찰 계율종의 통도사

영취산문인 일주문을 지나

부릅뜬 사천왕상 중 하나는 웬 비파

문지방 너머 수만의 발자욱 소리 바람소리

우거진 송림(松林) 숲길 가득

불이문(不二門)과 범종각이 보이고

해장보각 세존비각 염불소리

너른 하늘 금강계단(보물290호)이 맞이한다

신라 선덕여왕 15년(646)

자장율사 큰 뜻 세워

부처의 진신사리 봉안하여

삼보사찰 중에 불보종찰

보물 334호 은입사향로

보물74호 국장생 석표

보물471호 봉발탑등 유형문화재 34점 아로새겨

영겁(永劫)의 세월 참선(參禪)으로 보듬어
천상으로 화한 투명한 실개천
돌 틈 사이로 세월 불러 내린
목탁소리는
오늘도 그대 발길
부여잡는 찰나(刹那)의 시간이었네

해저터널이여

오늘따라 바다바람은 말이 없다
통영시의 그림 같은 섬 자락이
곱게 펼쳐진 충절의 고장
이순신장군의 숨결이 들리는 듯한 이곳
1931년 7월에 일제의 침략만행의 일환인
바다 밑 터널을
1년 4개월에 터파기(open—cat)공법으로
우마차 1000대 자전거 1000대의 통행과
너비 5m 높이 3.5m 길이는 483m
동양 최초의 해저터널 콘크리트
섬과 육지를 연결 군사용으로
쓰인 용문달양(龍門陽達)이라 칭하고
지금은 관광지 되어버린 아픔의 현장
이젠 1967년 충무교
설치 후 차량금지
한려해상에서 수만의 왜적이 수몰된 것을
분풀이하여 바다 밑으로
조선 사람을
걸어 다니게 하였다는 속설이

말없이 흐르는 남해바다
허무의 낙조는 길다

선자령에서

강원도 횡계 중턱 옛 대관령 휴게소
등산로 초입은
울긋불긋 초만원이다
뽀드득 뽀드득 따라나선
수만의 발자국 소리가
수줍은 설경(雪景)속으로
몰입한다
맑고 고운 순백(純白)의
시리디 시린 백설기
온 세상은 은회색 빛깔이다
다리는 천근으로 무거워오지만
마음은 양털처럼 가벼운
고산준령의 백두대간
첩첩산중 수없이 겹쳐진 능선은
차라리 자태고운 신비의 여인
선자령 1157m고지 정상은
하늘과 손잡은 등산객들의 허연 입김이
새악시의 빨알간 얼굴 되어
언 손 녹이며

끝없이 이어진 설원(雪原)의 목축장.
신의 은총이
이곳에서도 치유의 은사
온몸 땀으로 적셔와 반겨주는
황태덕장의 은근과 끈기
아름다움으로 빛나는 눈부신 햇살
어느덧 달콤한 잠에
귀경 길의 버스 안은 평화와 사랑이 흐르고

Ⅲ부 그리움

그리운 임 향하여

춘삼월
꽃샘추위 비집고서
봄의 전령사가
색칠을 하고 다닌다

그들은 요술지팡이

가는 곳마다
겨우내 잠자던 생명을
흔들어 깨워
살며시 맺혀진
꽃술 봉오리

아지랑이
고운 솜털로 간질이면

어느새 피어오른
처녀가슴은 칠보단장

머플러
휘~이 둘러
사랑을 부르면
신록으로 가득 찬

백목련
산수유
개나리
진달래
꽃잎 사연을

빨알간 우체통
꼬~옥 채워

그리운 그대에게
실려 보낸다

봄이 오는 소리

시냇물 졸졸 움 틔워

남녘으로부터

싱그럽게 다가온 대지

한반도
내륙 깊이
봄꽃잔치 길 열어

겨우내
준비하던 이름모를 꽃들이

삐죽이 고개 내밀어
아낙의 옷깃을 간질이면

봄나물 캐는
아낙네의 잔등 위로

부서져 내리는
따사로운 햇살이

눈부시게
피워 오른 아지랑이

내 고향 흙냄새는

내 고향 산하는
전주 완산 모래내 지나
곰지재 터널 너머로부터
시작을 하지요
옹기종기 모여 군락을 이루는 초가지붕들이
사라지고 현대식으로 돌아선 집들
푸릇푸릇한 들판으로
불어오는 산들바람
밭이랑 사이로
변함없이 서서 고향을 지켜내는
이름모를 들풀들
진안고원이 시작되는 그곳에는
마이산이 정답게 그림처럼 떠있고
연장리를 지나 진안읍으로
들어가는 투박스런 삼거리 오솔길
주막집 있어서
오가는 장꾼들의 술 시름을
하나 둘씩 풀어 놓으면
해는 서산으로 뉘엿거리며

별밤을 부르고
고개 넘어 한눈으로
다 보이는 강정골재 오르면
고요의 나라 진안 읍내
어설프게 머리 깎아 허연 살 드러낸
반듯한 현대판 고가도로가
무주와 금산을 향해 달리는 용담호
이따금 보이는 이곳에는 아직도
전국 오일장이 열리는 날
구수한 막걸리 냄새와
사투리가 흘러 넘치는 여느 오후

방패연

팔괘 가득
우주를 담고서
하늘 위로 솟아 오른 네가
오늘의 우리를 생각하게 한다
뒤뜰의 병풍 숲가에서
너의 준족을 떼어내어
여섯 쪽의 대나무를
툇마루에 앉아
온종일 손질하면
사각의 창호지 위에
듬성듬성 섞인 쌀밥을 찾아
붙이고 태극무늬 가득
뚫린 가운데의 둥근 원은
소중한 소원을 담아내어
세 가닥 줄 사위 팽팽하게 이어내어
푸르른 창공에 연 띄워
가슴으로 살며시 찾아와 부르던
숙이 순이 그리고 영희
세월 바람 타고서

도심 속 조용한 산방에
걸려있는 너의 모습은
오천년의 얼이 새겨진
의연함의 방패연 그대여

오월의 기다림

장미향이 풀풀거리며
다가와
눈부신
오월의 아릿한 여인 향내

은빛 손마디 사이로
적어내린
임의 향 스런
편지

신록이 우거진
장미꽃밭에서
읽고 또 읽어
빠알간 꽃잎 물 줄줄 흘러내리듯

오월의 한 시진은
임과 같이 흐르나 봅니다

늘 그리움이 있어

과거와 현재 그리고 다가올 미래의
곱게 얽힌 덩굴 따라 소곤소곤
귀엣말 하여줄 그대

사랑의 그림자를
기다립니다

친구여

그래 난 아무렇지도 않은 것처럼
바람에 흔들리는 나무들의
숨 쉬는 소리조차도
듣지 못하는 바보처럼
퍼렇게 멍이든 소주병 마개를
세상을 거덜 내듯이
따버리고
길 잃은 세월 따라
훌쩍 떠난
불알친구의 얼굴이
경기 여주 고려병원 영안실 한 편에
그저 웃으면서 걸려있는 초상화
시위하듯
마지막 빛을 내뿜는 국화송이들
창 넘어 뿌연 안개 뿌려진 강변 가득히
쏟아져 내린 속울음이
가슴 가득히 적셔와
떨어져 내린 낙엽을 태워
못다한 향기 가득 하늘로

올해는 운수가 제법 사납구나
하면서 허탈의 경지 어린 웃음
이제 허공중에 부르는 너의 이름
그래도 잘 가거라
그 한마디
붉게 타오르는 석양빛
너의 그리운 음성이
환청으로 다가오는구나

오늘을 바라보며

드넓은 경주벌판
천년고도 흘러와
기와 지붕 사이 사이로
햇빛 가득 솟아올라
잠시나마 머물다 간
해탈의 순간에서
두 손 모아 합장 한
토함산 석굴암
국보 24호
저 멀리 동해의 일출
가슴을 다 내밀어
속세의 기원 빌어보는
물소리.
석등에 그려진
수만의 세월 연꽃
불생불멸(不生不滅)
이곳에 가져온 불국(佛國)의 본토(本土)
가없는 시간 앞에
흐르는 평화의 풍경소리는 들려오고

봄에 떠난 친구 그대

4월은 잔인한 달이라 하였나, 그대
움트는 생명이
기력이 소진하듯
겨우내 얼려있는 땅을
비집고 나와
훌쩍 커버린
생명의 미소가
너른 들판 가득히
연녹색의 입술로 손짓하고 있었지만
가슴을 도려내는
생을 달리하는 부음이
떨어지는 봄비가 낙수되어
눈물을 짓이겨내듯이
스산한 병원의 영안실은
차라리 봄에 꾸는 악몽의 꿈
눈앞에 어른거린
모습들이 백목련날개 떨어지듯
한 떨기 처량한 슬픔으로
먼 길 흐른 유성이 되어

추억만 남기고 먼저 떠난
그리운 임 친구여
산천에 의지하고자
새싹으로 정갈하게
하얀 영혼의
고운 눈부신 자태로
환생할 내년의 봄을 기다릴래요

풍경 1

울산 태화강변에서
지평선 서로 손잡은
강 언덕 가슴언저리
살랑 바람 불어오네요
두 손 맞잡은 기중기
거친 동해바다의 포효
토해내는 공장들의 굴뚝
퍼렇게 일렁이는 태화강
분주히 오가는 차량들
아래위로 잘 연결된 고가차도
대형선박 안으로 미끄러지듯
실려 들어가는 자동차들의 행렬들
쉼 없이 삼켜대는 고릴라
수출의 뱃고동 소리가
방어진 가득 찬 부두
오월의 향기가
가득 차오른 활기찬
풍경화 너른 태화와 동해의 멋진 만남

풍경 2

아침 신 새벽을 여는
속초 물치항은
정겹다
하늘 가득
은빛 비늘 바람 불러
고기잡이배
만선의 풍어를 부른다
수백 년의 애쓴 염원이
기도가 부족했듯
불타버린 노송들의 앙상한
나뭇가지들
낙산사 주변에 그대로 서 있어
깊은 시름의 아픔이 저민다
저 찬란한 자연풍광
속수무책의 지난 봄철 산불화재
그래도 비집고 새 생명 피워 오른
연두빛 초록색깔
천혜의 고장 속초시
비 내려 치유하리니

설악 영봉의
함박눈 녹여내어
아픈 상처 보듬어
솔바람 가득
푸른 동해바다로 흘러넘친다네

추억을 더듬으며

가을비가 추적추적 내리고
떨어져 내리는 낙엽이
하나 둘 많아질 때에
어느덧 쓸쓸함이
진한 커피향의 고독이
묻어나는 중년의 오후
제법 빗줄기가 거세어지면
어린시절로 돌아가
비를 맞으면서 거리를 배회하며
이유 없는 반항과
이유 없는 철학 속에서
꿈을 꾸면서
독한 알코올로
세월을 죽이던 그 시절
꿈 많던 그 시절
이제는 그리움의 낙엽으로
펄~렁 다가와 적셔온다
눈가에 피어오른
나이테의 잔주름을

거울 향해 보면서
희미한 미소로
나의 손은 어느덧
옛 친구 찾아 다이얼을 돌리고 있고

친구여

지구상에 단 하나뿐인
그대여!
가슴에 염원과 불꽃을 숨기고
그 휴화산에 불 지펴
활화산으로 만들
너와 나
만남의 미소를
여기 이렇게 보낸다
곧이어 다가오는
정월 대보름날
보름달 가득
그 안에 당신의
환한 얼굴을
그려 넣으면
어느새 소꿉놀이 하던
유년시절로 돌아가
아련히 꿈꾸며
오늘 이 밤도 고향언덕
가에 기대어

달콤한 졸음
청해보련다

눈꽃

그대의 멋진 미소가
바람 따라 나와
산 협곡 가득히
한 폭의 산수화
백설의 잔디 가득
눈사태 일어나
눈보라 빛 가슴으로 물들어
영동고속도로는 거북이걸음
네비게이션에서
계속 들려오는 속도를 줄여주세요 라는
인생의 나침판이 되어
백야 빛 갈무리
쉼 없이 달려온 나날들
저마다 생명줄
잡아 흔든 눈꽃송이
꽃보라 피워내어
사랑의 그림자
자연 속 가득히
그리움의 세월을 녹여 내고 있구나

그리움이 하나가 되어

그대 가슴에
피어난 그리움 하나하나
반백의 머리칼이
어느덧 세월 속에 잠긴
나날 들이였다네
이제나 저제나 뒤돌아보니
바람결에 사계절을
노래하듯이
오늘 노래 가사 가득
달콤한 생의 술병에서
지천명을 바라보고
악을 쓰듯이 흐른 애상을
뜨거운 마음에 성과 열을
우정을 향해
그리움에 가슴을 활짝 열어
어느덧 가을 들녘에
나란히 서 있어 좋았다

추억을 불러내 그날에

서울 도심 한복판
11월 18일 토요일 오전 대한문 앞
오랜만에 그녀를 기다리는
단풍잎으로 곱게 물든
높게 드리워진 고궁의 담장 너머로
천년의 아릿한 사연이 넘실거려와
오늘에 서 있어

그대 그리움으로
돌담길은 곱디고운 연인들 그대로
발길에 채여 오는 낙엽들
귀여운 비명을 지를 때마다
중년의 심장은 다시 한 번 요동칩니다

쪽빛 하늘은 그대로인데
십수 년만의 외출
멋진 주황빛깔의 공중전화 부스
그녀 손등 위로 낙엽이 흐르는
정동교회와 문화방송 길

덕수궁 돌담길이 만나는
삼각주 대법원 앞 길가 연륜의 가로수
애환 섞인 옛 시절
추억의 편린을 떠올리면서
수문장 교대식의
궁정병정들의 취타대의 악기소리가
조선의 얼을 불러내고
재잘대는 바람소리만 귓바퀴를 맴돕니다

늦가을의 정취를 만끽하는
젊은 연인들의 발자국소리는
점점 더 가슴으로 가고 있고

아쉬움이 그리움으로

시작이 반인데
마지막 캘린더 한 장
아쉬움의 날개가
더 이상 찢겨지고
터져 나갈 미로도 없이

열둘이란 숫자 앞에서
또 하나의 생을 바라다본다

매주 주말도 모자라서
평일에도 쏟아져 들어오는
애 · 경사 그리고
휴 · 폐업, 개업.
돼지머리 지폐
끝까지 자리 지켜주던
이름 섞인 조화(弔花)들의 눈빛이
쇠잔하여 가던 연말의 거리

옷깃 여미어

불어온 칼바람 막고서
군고구마 손 안 가득
따스한 아랫목 구들장

그립네 그리운 환청으로
펄럭이며 떨어지는 마지막 잎새

마지막 잎새에
생명 불어 넣어줄
님이 그립습니다

IV부 일상

배보다 배꼽

당연히 배꼽티가 연상 되려나
스포츠 서울 핫~이슈 19면에
뽀얀 연기 사이로 타오른
1093원이란 금액이 사라지고 있었네
담배 소비세가 510원
지방교육세가 255원
건강증진기금이 150원
부가가치세(공급가액이10%)
연초 생산기금이 10원
폐기물 부담금이 4원
에쎄라는 담배가격은 2000원
절반을 상회하는 그 맛. 허 허 참
2004년 7월부터 500원 플러스
아~ 우리네 서민이여
주름살이 밭고랑
전쟁 아닌 금연과의 전투
50년대 풍년초
60년대 파랑새와 새마을
70년대 최초의 필터달린 신탄진

80년대 애국심의 거북선 그리고 솔
88올림픽의 88라이트
96년대부터 현재까지의 디스
귀족형의 상떼 럭셔리 1갑이 무려 1만원
당신은 그래도 피우고 싶겠지
왼쪽가슴 심장근처 네모난 호주머니의 너
엄지와 검지사이 끼워진 세월
길고도 짧은 서러운 애무의 키스
길가에 버려진 비련의 주인공
연기처럼 사라져간 사랑스런 그대

은쟁반 접시에

황금빛깔
상어 알
수만의 수정체가
모여 이루어낸 생명의 숨소리
저 먼 곳 바다에서
들려오는 해조음에 파도소리
산란기 가득 뿌려놓은
알갱이 하나하나가
서울 도심 종로통
여느 식당의 한곳을 차지하고
빛나는 눈동자 보이며
내 안 한 입에
사르르 녹아드는 너
그토록 곱게 빛나던 얼굴들이
소주 한 잔 안주 한사라
바다의 제왕이 되어 있는 나

시작

푸르스름 빛무리
능선으로 흘러내린
물들인 수양버들
곱게 흔들어
치렁한 머리칼
치맛자락 펄럭이며
이슬 머금은
이른 아침 잔디 흔들어 깨워
재잘거린 산 울음소리
발자취 소리
고개 숙여 인사하는 들꽃
천안 태조산 자락 가득
운무 속 둥근 호수
갓 피워 오른 수줍은 코스모스
쪽빛 하늘 가득
가을바람으로
아침을 여는 풀잎들의 속삭임

이제 시작

오늘 오전 서울 용산구 이촌동 ㅇㅇ레버빌
ㅇㅇ동 ㅇㅇ호에 다녀왔다

요행히 빈집
사람은 없었지만
화창함이 무색하게
내부는 진한 흑갈색의 검붉은 연기가
널름거리며
틈새란 틈새로 꾸역꾸역 밀려 나온다

수만의 발자국 소리
거친 숨소리
펌프 차의 펌프작동 길게 늘어진 생명선
탱탱하게 물오르면
관창 사이로 터져 나온 미립자의 물소리가
방수복 위로 용감하게
불덩이를 떨구어 내린다

집주인이 오면

얼마나 황당할까?

온몸은 불 냄새
심장으로 침투한 고약한 바이러스
목젖을 훔치듯
사납게 방어한다

자연으로 뿌려진 재채기 부스러기
그래서 꽃샘추위인가보다

소방관의 하루는 이제 시작

그래도 아침을 여는 그들

한 여름날의 중심 기압 가운데는
오히려 평온한 무풍지대다

줄기차게 내리는 장맛비를 달래듯
온종일 열 받아 미친 듯이
울어대며 소리치며
번쩍이는 매서운 눈빛이
섬광으로
어슴푸레 언덕을 밝히면
여명으로 다가와
동녘은 서서히 터온다

살며시 귀 열고
간밤에 그렇게 몸서리쳤을 여리디 여린
풀숲에서 도란도란 소리가
흠뻑 머금은 미소를 띠면서
물기를 털며 아침 인사를 한다
하얀 장미 빨간 장미
나팔꽃무리

봉숭아꽃무리
이름모를 들풀들이
운동장을 돌고 도는
어르신네 사이로 향기 솔솔

아침신문을 배달하는 아이의 페달소리
우유 넣는 소리
출근을 재촉하는 줄달음
줄넘기하는 소리와
속보로 걸음을 재촉하는 조깅 족들의 발걸음이
잔비 속에 뜨거운 김이 서서히 피어올라

오늘을 여는 어느 초등학교의
정겹고 아름다운 일상

초등학교 운동장에서 아침을 열면
그날은 기쁨이 두 배다
내일부터는 매일 열고 싶다

정년퇴임 축시

한강 분지 위에 둘러싸인
수도 서울의 허파 남산자락
언제나 변함없이 서 있어 지켜주시던
안전지킴이의 산증인인 임이시여

국가의 명에 의하여
삼십여 년 성상의 공직생활을
이제 접어야 한다니

그저 아쉬움과 수만의 추억이
유월의 편린과 같이
짙푸른 한강수는 흘러가지만

지난날
서울도심의 크고 작은 각종의
화재 구조 구급의 현장인
삼풍백화점사고
홍제동 주택화재사고
아현동 엘피치 가스 폭발 사고에서

임의 손길과 발자취가 스민
또 하나의 전쟁터이었습니다

맹활약을 하셨던
임이 이제는 떠나야 한다니

이제 사회로 돌아가 더 큰 봉사와
제2의 생을 설계하시길 바라오며
임의 앞날에 항상 신의 은총이 같이 하시길
기원하면서 정년퇴임축시에 가름할까합니다

일상

어제는 종일 비가 오다가
가다가 그렇게 그치고 말았다
오늘 역시 장마철다운 표정이다
서 있는 가로수들의 흔들림으로
여름바람은 있긴 있나보다
물기가 한 아름 머금은
아스팔트 보도 위에
부지런히 소리 내며
왔다가 사라져가는 발자국 소리들

사연 많은 다리 사이로
퍼렇게 멍든 몸을 던져
건너가려 발을 헛디디면
푸른 강심의 아리수가
도도히 사해(死海)를 부른다

동작대교를 넘어오며
시속80km의 전동차 안에서 본 물결은
전혀 서울이 아니다

상류 쪽의 황토 흙물이 분탕질하다
걸려 넘어져서 허우적대며
여기까지 밀려왔나보다

다 인생은 그렇게 사는 것이다
후드득 떨어지는 소나기
한차례 지나가면
풀숲에서는 거친 숨소리가 들린다
나름의 생을 창조하기 위하여
촉촉이 스며든 수분을 마음껏 향유하고 있어
다가오는 미래를 예비하고 있겠지
자!
오늘도 시작이다
어떠한 악조건 속에서도
의연히 대처하여 나가는 오뚝이처럼
신 새벽 아침을 열어보자
힘찬 발걸음이 리드미컬하게 들려온다
너의 환한 나리꽃 미소가
환청처럼 다가온다

7월의 한날

오늘은 모처럼만에 햇살이 뿌려진다
하늘도 옅은 구름으로 채색된 채
지열을 데우기 시작한다
후욱 끼쳐 오는 작열하는 태양이
한 여름날의 무더위를 실감케 한다
간사하기 이를 데 없는 인간의 오종종한 마음이
한줄기 시원한 소나기라도
바라는 것은
늘 마음 한곳에는 그리웠던
고향이 있었기 때문이다
동구 밖 비 내린 후에
야산으로 걸려있는 무지개
그녀의 선명한 오색 허리 벨트
여진이 가시지 않은
흙탕물이 뒤엉켜서
개울가 가득 넘쳐
소란을 피운 미운아이 마냥
비 개인 후에도
족히 하루나 이틀은 더 걸렸어라

계곡의 산세의 수려함과
아직은 개발이 안 된 처녀림 속에
자꾸만 파고드는 불도저의 굉음
운 좋게 혜택 받는 누구인가는
그가 결국은 우리들의 자화상

하루가 여지없이
자연의 막강한 힘에 의해서
흘러가고 오고
떠나야 하는 저 흙탕물들

그래도 우린 내일이 있어서
희망이란 마음주머니를 가지고서
삶을 영위 하나보다
내 고향 언덕의 풍광처럼
7월 한 달 도 벌써 종반전인 것 같다
너의 맑고 고운 미소처럼
너무 오랜만에 보는 햇살이다

7월의 아픔은 속절없이

순간이었다
비가 내렸다
닭똥 같은 눈물이
아프게 내렸다
7월 중순
광풍노도
서울을 삼켜버리듯이 흔들어 놓는다
병풍처럼 달려있는
매서운 아리수의 물갈퀴가
사납게 아우성대면서
집채만 한 건물들이
한숨에 삼켜 먹어
모두를 쓸어내리듯
흠뻑 젖은 조간신문에
한강 다리만큼 커다란 활자가
활개를 친다
수재민들의
고름처럼 짓무른 눈물이
줄줄 흘러내린

오늘의 단상 앞에서
회대의 엽기어린 살인마를 여기저기서 본다
이것도 윤리교육의 부재인지
아니면 빵 한 조각의 부족인지
흙탕물의 속삭임은 차라리
속울음이었네
아픔이었네
순댓국 물속에 찌푸린 인형의
불어터진 창자가 둥둥
강렬한 7월의 태양은
붉은 옥수수의 깃털처럼
심연의 바다로 젖어들고
시원한 물세례를 기다려나 본다

태조산의 그림자

어매 단 풍물들이듯
곱게 흐른 산 협곡
더듬어
부딪치며 다가오는 119
늠름한 발자국소리
거친 숨소리
이른 새벽 풀숲 열어
태조산 능선을 한달음에 타고 올라
막 피워 오른 새악시의 볼
어루만져 물오른
들풀들의 웅성거림
안개 뿌려 오늘을 열고
사계절 호흡한
천안 유량동의 태조산 분지
생명의 소리
생명 구하여줄 119대원
피워 오른 샘 줄기 소리

레프팅(rafting)을 하다

도전적 스포츠라 한다네
전쟁의 산물이라 한다네
저 미국 웅장한 험한 계곡
테네시 계곡에서 시작종 울려
아침 이슬 흔들어 깨워
첩첩산속 금당산 자락으르
들어난 강원도 평창 봉평의 금당계곡 13.4km
고무보트에 승선
어리디 어린 조타수의 힘찬 구령에 따라
어느새 하나가 된 우리들
한방에 날려버린 스트레스는
격랑의 물속으로 잠수하였고
잔잔한 물결이 뱃전에 찰랑일 때
보이는 금당산의 멋진 자태
물보라 가득 흰 물살 가르며
힘차게 전진하는 너와나
물싸움 거꾸로 잠수 파도타기
어느새 흠뻑 젖어오는 옷자락
풍덩 빠져버린 내 마음은

영락없는 치기어린 소년
계곡과 산야
협곡사이 비집고나온 바위 돌
인내심을 시험하기 위해서다
착 달라붙은 옷자락
뻐근한 팔다리 그리고 허기짐
시원바람 불어
수중 운무 속에 오늘을 보낸다

일상 탈출

안면도 가슴패기
봉긋한 항구
떠나지 못하는 배를 보면
홍분하는 너는
밤바다에 일렁이는
욕망이 파도타기를 한다
비릿한 내음이
속삭이듯
출렁이는 파도소리가
포구가득 일렁인다
방포 가득 바다는
그리움에 사무친 날 부른다
발자욱 소리마다
따라 나온 그의 음성소리가
잊어가는 세월을 일으킨다
생(生)과 사(死) 넘나드는
낚시 줄 사이로
우럭과 망둥어 그리고
너와 나를 찾는다
그림처럼 다가온 일출이 날 맞이한다

출·퇴근길

한주일이 끝나더니
시작되는 월요일
월요병의 전조인가
쪽빛 창공에 드높아진
새털구름처럼
흐르는 시간들
어느덧 어둠이 내리고
피곤과 고독이
어깨와 호주머니를
짓누를 때면
지하철 안 버스 안
좌석들의 군상(群像)들
닭병 걸린 자화상(自畵像)
두 다리 맥 풀려와
선하품하며
꿈속에서 들려오는
새소리, 물소리
고향인 듯 착각하다보니
수만의 가로등 불빛

흔들려 강 가득 푸른 조명으로
철렁이며 다가오는
고달픈 출 퇴근길
빌딩 숲 사이사이
따라 나온 달님이
내 누이처럼 반가워라

졸업식날

아련한 추억의 뒤안길
남몰래 눈물을 훔치면서
달빛 따라서 마음 조급하게
동구 밖 길을 내어 달리던
푸른 동산이
너른 들판이 바람에 일렁이면
배움에 목말라하며
신작로 길 가득
가녀린 추억의 코스모스가
유년시절
허덕이며 걸어가는 길손
손잡아 흔들어주던 그때 그 시절
오늘 따라 그립습니다
만학의 사각모를
같은 나이의 자녀와 같이
세상을 둘러쓰듯
오늘의 이야기 들려주고파
자랑스럽게
서 있어 자화상을 그려내듯

한 장의 사진이
오늘의 나를
뒤를 바라보게 합니다
수만의 세월을 아껴와
인고(忍苦)의 학위를 드러내는
서울 시립대 대학원 졸업식장
황색 빛깔의 가운 속에서
날 바라보면서
눈물로 뒤범벅 되어버린
30여 년 전의 초등학교 시절의
그때 그 조그마한 강당 안에
내가 서 있었습니다

V부 사계절

코스모스

그리움으로
다가와
살포시 손을 내밀어
흔드는 그녀

오솔길 자락
길 섶 언덕 가득히
저마다 뽐내며
피워 오른
수줍디 수줍은 자태
연심(戀心) 터져 가는 밤

오늘따라
설렘으로
고향하늘
황금벌판 저편
초가집 모퉁이
귀뚜라미 울음소리
가을을 재촉하면

가을비 촉촉이 적셔 내어
서러운 마음으로
물안개 피워

애틋한
사연을 한 아름
전해줄 그녀
오늘따라 기다림으로 그리워 오네

가을비

추석이 오나 했더니
지나간 과거 속으로
사라진 추억이 되어
격렬한 가을비
가슴을 흔들어
온종일 궁상떨어와
하얗게 지새운 밤은
불면의 세계로
그리움이 첩첩으로
그대 향한
아련한 비 소리가
음악으로 환청 되어
다가오면
부질없는 세월 잡고
긴팔을 골라내어 입고서
가을비 운무
뿌려진
황금들판
허수아비 손 흔들어

시린 가슴 안고서
참회(懺悔)의 여행을 떠난다

가을 향수

바스락거리는 추억의
미세한 바람 한 점 흘러와
잔잔한 태양이 지평을 열어
사랑을
뿌려주면 어느덧 정오

때 이른 가을이 문턱에서
숨고르기 할 때에

만국기 가득 펄럭이는
가을 운동회로 열기 가득 찬
운동장 한쪽에서
턱걸이 하던 어린아이의
선한 눈동자
쪽빛 하늘이다

하늘거리는
코스모스 신작로 모퉁이를
돌아 불어온 갈색 바람

그렇게 해서
깊은 심연 속으로
익어만 가는 고향 언덕가의 플라타너스는
이제 장년의 모습으로
그리운 향수 불러내어

환한 미소로
다가온다

청군 백군의
응원소리가 환청되어

붉은 노을로
타들어가는 단풍들의 아우성
그대의 마른 입술을 적셔오는 환희

가을에

풍성한 가을이라네
결실의 계절이라 하네

그리움이 다가오는
심연의 귀뚜리 소리가
애절하게 불러
떠오른 달빛무리

고향언덕
눈 부비며
임 기다리다 지쳐서
울어내는 고독의 눈빛이여

스산한 가을바람에
허전한 문풍지 소리 녹여
잔술 속으로
스며드는 석양의 그림자

낙엽이 하나 둘

쌓여와
구들장 가장자리 아랫목
깊숙이 숨겨놓은 사랑

따스함이
지금도 살아나
다가온 어머니의 손길
그립디 그립구나

가을에 그대의 노오란 은행잎 사연을

내 사무실 뒤쪽
청장년의 나이테를 드러낸
은행나무가 서서 세월을 부르곤 한다

작은 가지마다
땀의 결실인 은행을 주렁주렁
가지 많은 나무
바람 잘 날이 없다 하지만
늦은 가을 심술쟁이 태풍도
멋지게 이겨내었다

동구 밖 울타리 건너
둥근달 빼어 닮은 순이
그녀가 변신한 어머니의
모습 그대로다

변한 것은 세월뿐
그녀는 오늘도 의연히 서서
간질이는 가을바람을 어르고 있다

노오란 은행잎에
가지런한 사연을 밤새워 적어내어
동구 밖 토담 사이 개울 건너
서울도심 내 사무실 안으로
그리움이 물든 편지를 받아 보누나……

내 곁에 있는 그대라는 가을

그대는
가을바람이 되어
내게로 다가왔습니다

그대는
가을 단풍잎
노오란 가슴으로
그리움 되어
내게로 다가왔습니다

그대가
나 가을이
가을여인이 여기에 있다고
말하지 않아도
내 곁에 항상 있음을 알고 있습니다

가을 이슬 비 되어 우수수
낙엽 사이사이로
단풍물감 되어 흐른 시린 가슴

들려오는 황금벌판의 음성이
들국화와 손잡고 속삭이듯
그대 내 곁에 있음을
나는 알고 있습니다

어둠이 물러나는 새벽 별빛으로
그리움의 꽃을 피워내어
그대는 항상
내안에 있음을
나는 알고 있습니다

그리움의 가을되어 흐르고

노오란 부리의 병아리가
날갯짓을 한다
초겨울 바람에 바람이 알듯
다가오는 낙엽들의 몸부림
거친 파도가 다가와 세월의 마음을 할퀴고
외로움의 그림자가
이마 위에 주름살을
하나 둘 새긴다
퍼덕이는 갈대가
노오란 부리의 생명처럼
깊어가는 가을의 협곡을 부여잡는다
우면산이 그랬다
청계산이 언제 그랬냐 하듯 가녀린 허리를 비튼다
관악산은 양지바른 그곳에만
허무의 그리움을 피운다
수만의 발자국 소리가 환청처럼 들려오다가 사라진다
언젠가는 쓸려가는 낙엽들처럼
그래도 불태워 타오른
낙엽의 아릿한 향수 그 냄새

어느덧 한해의 끝자락이
달랑 남겨진 12월
애처로운 애증의
그녀가 그렇게
문설주 붙들고 서있어 손을 흔든다

국화꽃

향기는 말없이
내 마음을 물들여온다

님을 그렇게 애태우려
깊은 가을 가는 날을 마다하지 않은 채
하얀 자태 뽐내어
활짝 피워 오른 송이 송이들

처녀의 은빛 머플러
찬 서리 흰빛으로
하늘은 저리도 청명한데

쓸쓸한 애상이
꽃잎마다 가지 흔들어
어느덧 12월의 멍울진 황혼

넘쳐난 소주잔은
고독의 잔술에 풍덩 빠져버려

그 향기에 취해
세월 잊어간다 하지만

기다리는 임은 언제 오려나
떨어져 내리는 잎새마다
혼불은 빠져나가고 있는데

초가을 비

두런두런
수런수런 거리며
초가을 비가
오늘 우리 내 소방서 후정을
제법 거세게 부딪쳐
생의 한 조각들을 만들어 내어
심연 속으로 물들어 가는
빛바랜 낙엽과 잎새를
바라보면서
그리운 이 되어
상념으로 상상의 날개 펴보면
어느새 고향의 유년시절
손에 잡힐 듯이 삶의 무게를
견주하며
9월의 가을비는 심장을 노크하듯
제주도의 호우경보
때 아닌 물난리
소용돌이치는 폭우 되어
희비쌍곡선이 교차되는

중년의 언덕
양어깨위에 걸려있는
먹장구름
날려버릴 그대의 알싸한 음성
비 내리는 날의 오후
마음은 향수로
촉촉이 젖어 오누나

국화꽃을 바라보며

샛노오란 국화꽃이
달덩이처럼 피었습니다

가을햇살에 반짝이는
눈망울이 쪽빛 하늘에
떠있어 노래하는 고추잠자리

그대의 고운자태처럼 연분홍빛 국화가
벌과 나비를 부르고
청순한 그녀의 모습처럼
하얀 국화 꽃송이가
가녀린 손짓을 합니다

서늘할 때 뿌려주는 물길 따라
국화향기 내 마음 가득
사랑을 느끼게 합니다

세상의 혼잡함을 정화시키려는 듯
은근의 미소와 화사한 모습에서

갈색 머플러에서
하나 둘 낙엽 되어 떨어지는 단풍잎새
세월 바람 불러와

어느덧 고향 향한 그리움으로
다가와 내 앞에선 누이
국화꽃은 그렇게 밤새워 단장하고 있었나 보다

유월에

장미꽃향이
한없이 피워 오른
유월의 나른한 오후
수줍게 피어있어
초여름 바람에
한들거리는 어여쁜 꽃송이들
은근한 미소로
유월의 붉은 정열
타올라 터트려져
눈웃음치는 그녀
오늘따라 다가온
긴 머리칼의 머플러
시선이 곱기도 하다
추억의 연륜이
담장가득 포옹하며
섹시한 자태를
뽐내는 너는
사랑의 전령사
화사한 장미꽃 그대여

지난 주말에

주말은 주말다워야 한다
한주일 내내
얼어있던 마음을
녹여낸 푸른 심장
너른 우면산
아침을 열고 정상 위에 섰다
짙은 안개가 뿌려진
우면산 자락은
흐르는 땀방울 사이로
연륜이 보여진 떡갈나무
참상수리 나무군들
거대도시 서울은 온통
은회색 물결 속에 숨어있어
굉음처럼 들려오는 차량들의 소음소리
저 먼 나라 이야기
희망탑을 맴도는 탑돌이의 여인네들
소원하는 모든 것
천 년 지나 지금도 무병장수의 간절한 기원
그대 속 깊은 우면산이여

우직한 성실함이 보여 온 소처럼
늘 가까이 있어서
희망의 등불
유월의 열기도 녹여낸
신록의 미소가득 서산에 해는 넘어가고 있고

초여름 비

산은 드디어
리듬을 타기 시작한다

타악기의
성난 파도처럼
연녹색 심장을 두드린다

푸르다 못해 퍼런 바다
피워 오른 운무사이
고운 자태의 그녀

산새소리
비파 켜는 소리
앙상블이다

연인들이다
생명의 화답이다
신의 음성이다

가을에는

10월의 풀벌레소리를
어루만져

끝날 것 같지 않던 무더위도
추석날 전후까지 악착같이 내리던
초가을 비도

이젠 추억 속으로
사라지고

황금벌판에 일어나 익어오는
잎새에 이는 바람소리
넘쳐나는 책갈피 사이마다
흐른 세월 접으며
여명(黎明)으로
흐르는 귀뚜라미 울음소리

온몸을 들어내어
뽐내던 알밤과

수줍게 오색단장으로 물들어 오는 단풍들의
재잘거림

한강의 둔치 끝 토평리 넓은 자락은
코스모스의 은은한 물결 미소가
시월의 풍성함을 예고합니다
씨알 굵은 은행을 따내며
소록이 들려오는 가을밤을

그대의 떨려오는 손 자락은
그리움으로 허연 밤을 지새웁니다

코스모스 하늘거리는 동구 밖 언덕길
아직도 나에게는 꿈길 열어주는
사랑과 회한(悔恨)이 서린 고향의 어머니입니다

남천(南天)

그대 이름은 남천
이름이 생소 하지요
작은 그늘 뿌려
은은하고 고귀한 자태가
층층이 쌓여와
어느 곳 어디에서나
붉은 염원의 꽃으로
봄볕에 하얗게 피어나
원추꽃 차례를 이루고
가을빛에 익어 붉은 열매 한 아름 가득
그대 혼신의 몸으로 뿌리내린 껍질과 몸통은
위장과 눈에 특효약
매자나 무과에 속하는 상록관목
남천촉(南天燭) 그리고 남천죽(南天竹)으로도 불리우
는 너
사계절 바람소리
찬바람으로 깊어가는 겨울에도
그대는 붉디붉은 단풍으로
하나 둘 떨어뜨리는 잎새

그리움의 산을 이루어
큰 키 3m 내 안 가득
3장의 잔입으로 남쪽지방에서부터
너의 생을 불태워 외로움을 달래 보려무나

나리꽃

생명 길 따라 나와
길섶에서 우연의 만남
반갑구나 그대여!

살~랑 산들바람 가지에
손 흔들어 그리움
곱게 피워 오른
수줍디 수줍은 너의 자태

여명을 떨치고
아침이슬 머금어
가녀린 너의 손 자락은
연녹색의 바다
중심에 홀로 서 있어
여섯 꽃잎사이
일곱 꽃술봉우리
주황색 그리움의 카멜레온

고향산야 어느 곳이든

그림처럼 피워내어
환한 연정(戀情)의 미소

아침을 여는 그녀의 볼 향기
취해 따라 나온
그가 정열의 키스를 한다

* 2007.6.21. 경기도 용인외대 뒷산 자락에서

아침등산

어둠이 서서히 물러난 신새벽
푸른 숲은
자태를 서서히 드러낸다
산새소리가
마음의 창을 살며시 노크한다
연수원 뒷길 산야는
저마다 너른 잎을 뽐내며
정답게 이야기 한다
심술쟁이 칡덩굴이
초여름 비를 만나듯이
사방으로 사랑의 춤을 춘다
간신히 드러난 숲속 길의
나신(裸身)을 따라
흐른 땀이 등허리를 흠뻑 적셔올 때
정상위에 서서
청정한 그녀의 미소를 본다
송진 냄새
들풀냄새로 분단장한 그녀
아침을 열기위해

간밤 쳐놓은 거미줄
생존을 위해 길 떠난 시간들을
임 그리듯 기다리다
동녘은 희망의 산들바람에 실려
살포시 그대 품에 나를 맡긴다

오월이 오면

난 늘 그리움에 떨어야 한다
한 조각의 빙의를 녹여내어
심장 가득히 흐른 푸른 숲속에서
여리디 여린 세월의 뒤안길을 본다
유소년 시절 그리고
청장년이 된 지금에도
청초한 푸름이 다가와 안겨오면
찰나의 번뇌에서
일탈하는 인간이 된다
엄청난 비밀을 살며시 보아 오듯이
여린 생명의 환희에 찬
태음의 밝고 고운 음성이
반팔 티에 휘~이 둘러진 상큼한 머플러가
아쉬운 듯 고향냄새를
아카시아 향을 흘린다
너른 대지 가득 우정의 봄비가
너와 내 마음으로 촉촉이 적셔오누나

산바람소리

물결치는
푸름의 파도소리
노 젓는 사공의
휘파람소리가
어울려 다가온 새소리
은밀하게 내밀어
솔잎사이로 맺혀진 봄의 사연
송홧가루 풀 먹여
너울춤사위
신록의 생명나무는
하늘 가려온 바다
향긋한 소년의 손끝은
한스런 흙냄새
샛길은 놀라운 기적의 태동
날렵한 발자국 소리가
끝없이 이어지는 대화
등산로의 항해 길은
연녹색 물감의 응원
달디단 땀 냄새

오관을 달구어
가슴깊이 부르는 산바람
유혹하는 오월의 눈부신
신록의 자태가 그림처럼 안겨온다

유월의 숲에서

싱그런 푸른 숲에서
재잘대는 새소리가
아침을 깨운다
시야 가득 능선의 산자락이
첩첩으로 겹쳐져
그림처럼 떠있고
너른 분지가득 차오른 험준한 산맥
운두령 고개 넘어
만병통치약효의 방아다리 약수터
약수 한 사발과
곱게 뻗어 오른 전 나무숲은 태고(太古)의 처녀림
하늘 가린 숲속 오솔길 따라
나이테만큼이나 오대산 자락은
풍요의 신비스런 여인
어린아이 철부지 시절 이승복의
공산당이 싫어요, 의 절규가 들리는 그곳
이승복 기념관은
북괴의 만행의 아픈 우리 역사가
살아있으면 벌써 장년의 49세

그대의 일가족을 향한 명복을 빌며
평창 청소년 수련원의
멋들어진 통나무집은
프르름 속에 잠겨
온밤을 지새우는 연인들의 보금자리
석양에 해 기울다
잔술에 녹아드는 별이 빛나는 밤
서늘바람에 이야기꽃은 끝이 없고

시집을 끝내면서

우리 모두는 사계절의 변화 속에서
자연의 위대함을 인간의 한없는 나약함을
보아왔습니다.
그러나 인간에게 사랑과 정열,
노력과 희생, 봉사 정신 등이 가미될 때는
위대한 업적과 삶의 가치를 재창출하는 그 행위를
하나의 시어로서 풀어낼 수 있는 지혜가 있다는 것을
다시 한 번 하나님께 감사드립니다.
본 시집 『삶이란 향기를 건져 올린 그대』의 상재에 있
어서
　우리의 작고 소중한 일상과 자연과 나의 연관 등을

없는 시간을 쪼개어 표현하였습니다.

애절하면서도 사명감이 철철 넘어나는 소방관의 기도,

한 구절이 생각이 나는군요.

온전한 온유의 신의 사랑처럼 숭고한 생명을 구조하는

그들 속에 나.

치열한 생의 조각들을 가슴으로 맞이하여 독자 여러분과

이 기쁨을 같이 공유하고자 합니다.

끝으로 본 시집을 아껴주시고 읽어주신 독자 여러분께

진심으로 감사드립니다.

삶의 향기 그 연정의 산하

丘 仁 煥
(서울대 명예교수. 文博 문학과문학교육연구소 소장)

계절은 산하를 먹고 변하고 산하는 삶의 향기 속에 그
여울을 펼친다. 짙푸른 산과 파란 들판, 산 밑의 평온한 마
을이 성하(盛夏)의 잔치 속에 삶의 향기를 더하고 있다.
입추를 바라보는 삼복의 폭염이 온 산하를 뒤덮어 피서
열풍이 일고 있다. 푸르름은 들과 밭에서 땀 흘리며 일하
는 농부의 손길에 결실의 가을을 꿈꾸게 하고, 파도가 굽
이치는 백사장의 열기는 새로운 도약을 위해 충전하는 것
이니 들과 백사장은 내일을 위한 오늘의 땀이요, 열기이
다. 이런 폭서에 새로운 창조에 의한 나만의 시적 공간을
고이 가꾸어 그 결실을 거두고 있는 손옥경 시집 〈삶이란
향기를 건져 올린 그대〉는 산하의 푸르름과 백사장의 열

기를 휘감아 쌓아진 금자탑으로 한 여름의 시단에 청랑(淸朗)한 바람을 일으킨다.

시는 미의 운율적 창조요, 상상과 감정을 통한 이색의 해석이다. 또한 시는 율격에 의한 리듬과 상상에 의한 신상의 구상화, 감정에 의한 서정성의 농도, 해석에 의한 사상성의 심화에 의한 언어예술의 정화(精華)이다. 소설이나 수필 등 문학은 다 언어예술이지만, 시는 감성적 언어요, 산문은 이성적 언어라고 하듯이 시는 언어의 정련에 의한 운율적인 표현이다. 소월의 〈진달래꽃〉의 유연한 율격, 김관균의 〈추일서정〉의 회화적인 이미지, 정지용의 〈고향〉과 같은 풍속적이면서 고유한 전통, 서정주의 〈춘향유문〉과 같은 사랑의 절규, 박남수의 〈종소리〉의 공감각적인 표현이 다 시적 언어의 조탁으로 이루어진 명작들이다. 흔히 시의 요소로 리듬과 이미지 메타포를 들지만, 이 모든 요소는 언어적 조소(彫塑)에 의해 자기만의 시적 공간을 건조해 가는 것이다. 시인은 그 건조를 위해 피어리게 절차탁마(切磋琢磨)해서도 쉽게 오를 수 없는 준령에 도전한다. 손옥경 시집 〈삶이란 향기를 건져 올린 그대〉는 바로 이 준령에 오르는 피어린 여정의 결실이다. 그 결실이 이 폭염의 풍랑 속에 너울대는 시중에 한 청량제로 다가오고 있다.

제2시집 〈삶이란 향기를 건져 올린 그대〉를 상재하는

손옥경 시인은 『문학 공간』(1997)으로 등단하여 제1시집 〈내가 그곳에 있음을〉을 상재한 시인으로, 한국문협, 국제 펜클럽 한국본부, 동작문협 등에서 활동하고 있는 신진 시인이다. 이 시인은 〈책머리에〉에서 '불혹(不惑)을 지나 지천명(知天命)이 이제 뒤를 돌아보게 하는 나이에 다시 한 번 날 담금질하여 본다. 여기에 나의 혼신과 염원과 늘 그리움에 목말라 애타게 하는 어머니와

어릴 적 추억으로 잊을 수 없는 고향' 이라고 지천명의 문턱에서 혼신으로 영원과 그리움을 어머니의 추억이 서린 고향을 그리면서 이 시집을 엮고 있다.

시집 〈 삶이란 향기를 건져 올린 그대〉는 1부 '사랑' 에 〈꽃비〉 등 21편, 2부 '여행' 에 〈불국사와 다보탑〉 등 22편, 3부 '그리움' 에 〈그리운 임을 향하여〉 등 16편, 4부 '일상' 등 14편, 5부 '사계절' 등 20편, 6부 '수필단상' 등 7편 도합 100편이 수록된 시집으로, 삶의 향기와 산수의 정경을 수놓은 시림(詩林)을 보여주고 있다. 그 시림을 소요하면서 생명과 재산의 수호신으로 활동하면서 얻어진 치열한 삶의 향기와 그 향기를 건져 올리는 그대를 따라 그 시향에 취해본다.

그대 손 자락
움직일 때마다
파릇파릇

새싹이 돋아나
우면산 자락은
온통 연녹색의 바다

봄비가 촉촉이 내려
가슴을 부비면
열려오는 생명의 미소
풍덩 빠져버릴
초록의 물결은

어느새
봄물 가득
사월의 신록을
사랑을 탄주하고파

화사한 아지랑이
머플러의 여인
아련한 그대

가녀린 손마디 마디
꽃비(花雨) 뿌려오는 향수(鄕愁)
봄이 오면 찾아오는 열병
그리움의

내 그리운 이여

〈내 그리운 이여〉

사랑은 눈멀게 하고 귀먹게 하며 그리움에 가슴 아프게 한다. '사랑은 눈으로 보이는 게 아니라 마음으로 보인다. 그러므로 사랑은 눈먼 큐비트다.' 라고 말한 셰익스피어는 to be or not to be로 방황하는 햄릿의 오필리아에 대한 사랑의 열정을 말하고 있다. 새싹이 돋아나 온통 연녹색의 바다를 만드는 그대의 손, 봄비가 촉촉이 내려 열려오는 생명의 미소와 초록의 미소, 화사한 아지랑이, 머플러의 여인, 아련한 그대 봄이 오면 열병이 찾아오게 하는 그대, 그 그리운 이는 어이 이 축복을 나려 그리움을 셈에 물고이듯 하는가. '어져 내일이여 그럴 줄 모르든가. 오라마는 가라마는 구타여 보내고 그리는 정은 나도 몰라 하노라' 라고 애절하게 그리움을 노래한 황진이의 절조는 바로 그리움이 얼마나 처연한지를 말하는 것이다. 꽃비 뿌려오는 향수, 봄이 오면 찾아오는 열병은 이토록 그리움에 절규하게 한다.

포근한
해안 협곡 도로 따라
추억 가득 머금은
천 리 먼 길 달려와

멈추어진 그곳

아하~ 말이 없다
우리의 영혼을 흔들어 깨우는
성난 파도소리

천년고도 경주
심장가득
퍼런 물줄기 갈기 휘~이 돌아
포말 가득 보여 온
왕 중의 왕 수중왕릉이여!

그리움의 손짓인가
감은사지의 넋이
간절한 눈빛이 어린 포구

독도
울릉도
동해는 고요의 바다

〈문무대왕릉〉

　여행은 언제나 즐겁다. 복잡한 현실을 떠나 자연의 향
취에 치하거나 미지의 낯선 곳을 찾아 새로운 풍물과 유

적을 접하여 삶을 오붓하고 풍요하게 살찌게 하는 것이
다. 우리는 '하루가 아침과 밤 사이를 지나가듯이, 나의
생활도 여행에의 충동과 고향에의 동경 사이를 지나간
다.' 라고 한 〈데미안〉으로 유명한 헤르만 헤세의 말과 같
이 여행에의 충동과 고향에의 동경으로 살아간다. 〈청계
산이 날 부르고〉나 〈그 섬에 다시가고 싶다〉, 〈금당계곡
〉, 〈차 한 잔의 세월을 녹이며〉 등이 다 이 여행에의 충동
으로 새로운 천지를 들려 얻어진 언어적 결정(結晶)이다.
김유신과 함께 백제를 멸망시킨 신라 30대왕, 유언에 따
라 화장하여 감은사(感恩寺) 동쪽 바다에 수장한 문무대
왕! 멀리 달려와 신라 천년의 고도 경주를 보고 감은사지
의 넋이 어린 문무대왕릉의 축수를 독도, 울릉도의 동행
의 고요한 바다에 합장하고 있다.

장미향이 풀풀거리며
다가와
눈부신
오월의 아릿한 여인 향내

은빛 손마디 사이로
적어내린
임의 향 스런
편지

신록이 우거진
장미꽃밭에서
읽고 또 읽어
빠알간 꽃잎 물 줄줄 흘러내리듯

오월의 한 시진은
임과 같이 흐르나 봅니다.

늘 그리움이 있어
과거와 현재 그리고 다가올 미래의
곱게 얽힌 덩굴 따라 소곤소곤
귀엣말 하여줄 그대

사랑의 그림자를
기다립니다

〈오월의 기다림〉

　오월이 오면 그리운 님의 향에 담뿍 취해 사랑의 그림자를 기다리는 애틋한 서정을 감미롭게 시화하여 감동을 준다. 오월은 계절의 여왕이라지만 장미향이 풀풀거리며 다가오는 어릿한 여인 향내요, 임의 향 스런 흘러가는 편지, '과거와 현재 그리고 다가올 미래의 곱게 얽힌 덩굴

따라 소곤소곤 귀엣말 하여줄 그대' 사랑의 그림자를 기
다리는 시심이 미적으로 응축되어 있다. 〈그리운 임 향하
여〉나 〈내 고향 흙냄새는〉, 〈추억을 더듬으며〉, 〈친구여
〉 등 그리움을 주로 하여 살아가는 삶의 애환이 부조되어
세상살이에서의 그리운 삶의 조각들을 언어의 직조로 조
화하여 그리움으로 기다린다는 인고(忍苦)의 정을 형상화
하여 독자의 공감대를 형성하고 있다.

    어매 단풍 물들이듯

    곱게 흐른 산 협곡

    더듬어

    부딪치며 다가오는 119

    늠름한 발자국소리

    거친 숨소리

    이른 새벽 풀숲 열어

    태조산 능선을 한달음에 타고 올라

    막 피워 오른 새악시의 볼

    어루만져 물오른

    들풀들의 웅성거림

    안개 뿌려 오늘을 열고

    사계절 호흡한

    천안 유량동의 태조산 분지

    생명의 소리

생명 구하여줄 119대원
피워 오른 샘 줄기 소리

〈태조산의 그림자〉

어느 밤에도 예고 없이 내린 구급에 몸을 싣고 화재나
사고 현장에 나가 인명을 구출하고 재산을 보호해야 하는
소방 근무, 119대원의 희생적 봉사로 위급한 국면에서 구
출되고 생명을 구해 주는 재산과 생명의 수호자요, 천사
이다. 밤낮 가리지 않고 출동 준비를 하고 대기하는 긴장
속에서 생활하는 그 가쁜 나날을 여실히 표현하고 있다.
119구급의 발대로 얼마나 많은 인명을 구출하고 재산을
보호했는지 알 수 없으리만치 대단한 성과를 거두고 이제
119가 우리 생활의 일부가 되어 어린 아이도 급하면 119
를 부를 정도의 성숙한 단계에 이르렀다. 119 구호 전화를
받고 단숨에 뛰어가 불길을 잡고 생명을 구하는 긴장된
순간, 천안 유량동 태조산 분지에 119대원의 구원의 샘물
소리에 생명이 구해지고 재산이 보호되는 그 생명의 소리
가 구급대의 노고를 칭송하는 시귀(詩句)로 아롱져 있다.

그리움으로
다가와
살포시 손을 내밀어
흔드는 그녀

오솔길 자락
길 섶 언덕 가득히
저마다 뽐내며
피워 오른
수줍디 수줍은 자태
연심(戀心) 터져 가는 밤

오늘따라
설렘으로
고향하늘
황금벌판 저편
초가집 모퉁이
귀뚜라미 울음소리
가을을 재촉하면

가을비 촉촉이 적셔 내어
서러운 마음으로
물안개 피워

애틋한
사연을 한 아름
전해줄 그녀

오늘따라 기다림으로 그리워 오네.

〈코스모스〉

온 들판이 황곡으로 물들어 출렁이는데 산자락 마을로 길게 뻗은 길가에 한들한들 피어 햇빛과 노닐고 있는 코스모스! 그 청신하고 시원한 꽃잎을 날씬한 키로 선들거려 기러기 예우는 소리를 벗하여 국추가절을 즐긴다. 〈국화꽃〉이나 〈나리꽃〉을 보며 〈가을비〉에 젖어 〈가을의 향수〉에 잠기는 〈그리움이 가을되어 흐르고〉, 〈국화꽃을 바라보며〉 사계절의 아름다움과 그 정기에 담뿍 취하고 있다. '그리움으로 다가와 살포시 다가와 살포시 손을 내밀어 흔드는 그녀' 가 '애틋한 사연을 한 아름 전해줄 그녀 오늘따라 기다림으로 그리워 오네' 에 이르는 수다한 사연이 신작로 길가에서 흔들거리는 코스모스로 환치하여 그 서정을 내재화하고 있는 것이 이채롭다.

세월은 물같이 흐르지만 어떤 흔적을 남기고 흘러간다. 그 흐르는 세월 속에 흔적으로 남는 것이 개인의 전기적 사실이요, 역사요, 문화예술이다. 손옥경 시인은 소방원으로서 시민의 생명과 재산을 보호하고 구출하는 삶의 동반자로서의 업적을 남기면서 시인으로 제2시집 〈 삶이란 향기를 건져 올린 그대〉를 상재하여, 머물러 여인, 아련한 석양, 노을 지고 행운이란 길을 수놓아가는 그대라는 여인을, 이 좋은 사계 속에 사랑과 여행, 그리움 일상 속에 피안의 소우주의 모습으로 영원히 남고자 하는 시정을 이 한 권의 시집으로 시림의 시향을 국화꽃 향기같이 풍기고 있다. 그 삶이란 향기를 건져 올린 그대, 싱그런 네 잎 클로버와 함께 귀밑머리 날리며 행운이란 발자국을 수놓아 가고 있는 그대라는 여인을 피안의 소우주로 영원히 승화시켜 더 성숙하고 심회된 시정의 화원이 여명의 햇빛같이 훤하게 펼쳐 올 것을 기대한다.